Tenían que pensar qué iban a hacer para el Show de Talentos del Centro Comunitario.

—¡Ya lo tengo! —dijo Miguel—. ¡Podemos formar un grupo de música!

A sus amigos les gustó la idea. Maya, la hermana de Miguel, los escuchó.

—¿Un grupo de música? —preguntó Maya—.
¡La ilusión de mi vida! A lo mejor yo podría bailar o
algo así. Sin una chica, solo sería un grupo de chicos
tocando música.

—Por eso se llama grupo de música —dijo
Miguel—. Porque se trata de tocar música.

Maya se encontró a Tito en el pasillo.

—Miguel no quiere que yo esté en el grupo —dijo muy triste.

—¿Por qué no le enseñas lo que se pierde? —sugirió Tito.

ojos de Maya se encendieron y las bolitas de su pelo

bién.

—¡Eso es, Tito!

Mientras Maya trabajaba en su idea, los chicos se instalaron en el sótano de la casa de Miguel. Miguel estaba en la batería, Teo en el teclado y Andy preparó su giradiscos.

—Lo primero que necesitamos es un nombre —dijo Miguel—. ¿Qué les parece "Miguel y los Chicos"?

—Creo que nos deberíamos llamar "La onda de Andy" ugirió Andy.

—Debería ser algo sencillo, como... ¡Theo! —dijo Theo.

Miguel frunció el ceño.

—Creo que por ahora deberíamos olvidarnos del nombre mpezar a ensayar!

Después del ensayo, Miguel habló con su papá y su mar

—Creo que nuestro grupo puede ganar el concurso —dijo. La Sra. Santos sonrió.

—¿Sabes qué? Tu papá también estuvo en un grupo de música.

—¿De verdad? ¡Qué chévere, Papi! —dijo Miguel— Tener un grupo no es fácil. Tienes que pensar un nombre mantener una imagen e intentar que todos se lleven bien

—Recuerda que lo importante es la música —dijo el
·. Santos—. Concéntrate en la música y todo lo demás
.ldrá bien.

Miguel siguió el consejo de su papá.
Cuando los chicos se volvieron a reunir para ensayar,
se concentraron en la música.

Miguel marcó el compás con la batería.

—Dale un poco de acción con el teclado,
Theo —dijo Miguel.

Theo tocó una melodía en el teclado. Iba perfecta con el compás de Miguel.

Andy empezó a girar los discos, añadiendo ritmo al sonido.

Los chicos estaban totalmente metidos en su música cuando llegó Papi con una conga.

—Miguel, ya entendí lo que me querías decir antes —
Miguel estaba confundido.

—¿Qué te quería decir?

Papi sonrió.

—¡Ya estoy aquí para ayudarlos con su grupo!

El papá de Miguel puso manos a la obra. Ayudó a los
cos a decidirse por un nombre: "Los Nuevos Gatos".
—¡Qué bien, Sr. Santos! —dijo Andy—. ¡Gracias!
—¡Ya quiero que llegue el siguiente ensayo! —dijo el Sr.
tos.
Miguel se puso nervioso. "¿El siguiente ensayo? ¿Acaso
i piensa que él es parte del grupo?"

Maya y Tito querían estar en el grupo de Miguel.
Empezaron a bailar en la sala.

—Con ustedes... ¡Maya y Tito!

Tito intentó hacer *breakdance*. Dio vueltas sobre la
espalda.

Maya se tropezó con Tito. Un jarrón salió volando
por los aires justo cuando Paco entraba volando. El
otro de la familia también quería estar en el grupo.
—Con ustedes… ¡Paco!
¡Plop! El jarrón cayó en la cabeza de Paco.

¡PLOP!

Los chicos siguieron ensayando para el concurso. Y el Sr. Santos siguió asistiendo a los ensayos.

—No pueden tener un grupo sin un compás —dijo—. ¡Hay que tener ritmo!

Pero la idea del ritmo del Sr. Santos era muy diferent la de los chicos.

El Sr. Santos usaba maracas y la conga para dar ritmo. No entendía por qué Andy rayaba sus discos. Tampoco entendía los gritos que daban.

—¡No den gritos mientras cantan! —dijo—. Interfieren con la música.

Miguel intentó hablar con su papá.

—A lo mejor deberíamos ensayar solos —dijo.

Pero el Sr. Santos no entendió la indirecta.

—No se preocupen. ¡Estoy encantado de ayudarlo

El Sr. Santos estaba cada vez más emocionado. Les dio a los chicos unos trajes para que se vieran iguales. Les quiso enseñar a bailar. Pero ellos se tropezaban todo el tiempo.

El Sr. Santos se dejó llevar por la emoción. Compró una máquina de hacer humo y una bola de discoteca. Hizo camisetas y afiches del grupo.

Olvidó su propio consejo: "Hay que concentrarse en la música".

Los chicos estaban pensando qué hacer cuando aparecieron Maya y Tito.

—Maya, ¡no necesitamos uniciclos en el grupo! —gri Miguel.

—Miren este panfleto —dijo Maya—. ¡Willie B. Chill va a estar en el jurado del concurso de talentos!

—Willie B. Chill es una estrella del *hip-hop* —se lamentó Miguel—. ¡No podemos dejar que nos vea con estas pintas!

Pronto llegó la noche del show de talentos. Los chicos estaban entre bambalinas, cada vez más nerviosos. Los trajes, las luces, el humo... nada de esto tenía que ver con ellos.

—Miguel, de verdad que tu papá nos cae bien —dijo
[l]y—, pero...

—Creemos que esta noche solo deberíamos actuar
[n]otros tres —dijo Theo.

[A]ndy asintió.

—Le tienes que decir que deje el grupo.

Miguel no quería ofender a su papá, pero sabía que s
amigos tenían razón.

—Papi, nos pareció muy chévere que te unieras al gru
—dijo—. Pero no es nuestro estilo. Esta noche tenemos
presentarnos nosotros solos.

El Sr. Santos por fin lo entendió.

—Esta es su noche —dijo—. Tengan confianza en sí mismos y háganlo a su manera.

Maya y Tito oyeron lo que dijo el Sr. Santos.

—Esta noche, nosotros también lo haremos a nuestra manera —dijo Maya.

Justo entonces, apareció Willie B. Chill.

—¡Santiago Santos! —gritó. Le dio un abrazo al pap
de Miguel.

Miguel no lo podía creer.

—Papi, ¿tú conoces a Willie B. Chill?

—Claro —dijo Papi—. Estábamos en el mismo grup
de música.

El show estaba a punto de empezar.

Maya y Tito hicieron su número en el trampolín.

Tito se tropezó, pero eso mejoró el número.

¡Maya y Tito saltaron hasta el techo!

Maya agarró una soga. Se columpiaron y aterrizaron en el escenario. Después hicieron una venia.

¡El público enloqueció!

—Y ahora, con ustedes, ¡Los Nuevos Gatos!
—anunció el presentador.

Los chicos subieron al escenario. Llevaban su ropa
normal. No tenían la bola de discoteca ni la máquina
de hacer humo. Todo lo que tenían era su música.

—¡Los mismísimos Nuevos Gatos! —gritó Miguel.
Los chicos tocaron a su ritmo.

Cuando terminó el concurso, Willie B. Chill se puso de p

—¡El segundo premio es para Los Nuevos Gatos! —anunció.

Los chicos aplaudieron.

—Tu papá es un gato de lo más chévere —le dijo Will a Miguel—. Te podría enseñar muchas cosas.

Miguel sonrió.

—¡Ya lo ha hecho!

Más tarde, Maya y Miguel hablaban del concurso.

—Nuestro grupo sonó fenomenal —dijo Miguel—.
Qué bien que encontramos nuestro propio ritmo.

Maya sonrió un poco.

—Miguel, ¿no olvidas nada?

Miguel miró hacia el techo.

—Ah, sí, claro.

Maya sonrió.

—¡Tito y yo ganamos el primer premio!

PRUEBA DE MEMORIA
Marca La respuesTa correcTa.

1. ¿Qué Les aconSejó eL papá de MigueL a LoS chicoS?
a. Que Se concenTraran en La ropa.
b. Que Se concenTraran en La múSica.
c. Que Se concenTraran en La boLa de diScoTeca.

2. ¿Qué inSTrumenTo uTiLizó MigueL para marcar eL riTmo?
a. La baTería
b. eL TecLado
c. una guiTarra

3. ¿Por qué Andy raya LoS diScoS en un giradiScoS?
a. para añadir Sonido y riTmo a La múSica.
b. porque no Le guSTan LoS diScoS.
c. para moLeSTar aL Sr. SanToS

¡MÚSICA, MAESTRO!

Adaptado por Tracey West
Ilustrado por Jay Johnson

No part of this publication may be reproduced in whole or in part, or stored in a retrieval system, or transmitted in any form or by any means, electronic, mechanical, photocopying, recording, or otherwise, without written permission of the publisher. For information regarding permission, write to Scholastic Inc., Attention: Permissions Department, 557 Broadway, New York, NY 10012.

ISBN 0-439-80901-0

Published simultaneously in English and Spanish as *Maya and Miguel: Papi Joins the Band*

Translation copyright © 2006 Scholastic Inc.

MAYA AND MIGUEL © 2006

Maya and Miguel and all related characters and elements are trademarks of and © All Rights Reserved. Published by Scholastic Inc. SCHOLASTIC and associated logos are trademarks and/or registered trademarks of Scholastic Inc.

12 11 10 9 8 7 6 5 4 3 2 1   6 7 8 9 10/0

Printed in the U.S.A.

First Spanish printing, March 2006

SCHOLASTIC INC.

New York   Toronto   London   Auckland   Sydney
Mexico City   New Delhi   Hong Kong   Buenos Aires

Miguel, Theo y Andy estaban en la cola de la cafetería de la escuela.

Estaban nerviosos, pero no por el almuerzo.